作者小照

秋山独坐

拾级上秋山,独坐意自闲。
夕照金辉洒,飞鸟相与还。
空山无杂树,心静听风言。
此景堪长住,何须问俗缘。

辛卖东乐

李媛成 ◎ 著

花山文艺出版社
河北·石家庄

图书在版编目（CIP）数据

辛夷集 / 李媛成著． -- 石家庄：花山文艺出版社，2024.9

　　ISBN 978-7-5511-7219-6

Ⅰ．①辛… Ⅱ．①李… Ⅲ．①诗集－中国－当代 Ⅳ．① I227

中国国家版本馆 CIP 数据核字（2024）第 107952 号

书　　名：辛夷集
　　　　　XINYI JI
著　　者：李媛成

封面题签：刘俊国
责任编辑：刘燕军
封面设计：任　彤
版式设计：刘昌凤
美术编辑：王爱芹
出版发行：花山文艺出版社（邮政编码：050061）
　　　　　（河北省石家庄市友谊北大街 330 号）
销售热线：0311-88643299/96/17
印　　刷：三河市元兴印务有限公司
经　　销：新华书店
开　　本：880 毫米 ×1230 毫米　　1/32
印　　张：8.875
字　　数：200 千字
版　　次：2024 年 9 月第 1 版
　　　　　2024 年 9 月第 1 次印刷
书　　号：ISBN 978-7-5511-7219-6
定　　价：79.80 元

（版权所有　翻印必究·印装有误　负责调换）

在静夜思中找寻诗心之路

严志明

一位有情感的诗人,往往需要有丰富的想象力和敏感的艺术感受,这种感受来自内心深处的情感流淌和诗心表现。在世俗人世间,那些触动李媛成诗感、诗情、诗性的元素常常来自日常生活的赐予。在读她的诗集《辛夷集》时,我发现她诗意的触角广,视野开阔,既能够在对大自然的钟爱、对生态环境的眷念里找到诗情与哲思,也能在亲情中感受到大地的慈爱和厚重;既能在日常生活中发现那些隐藏的诗意的角落和诗思的元神,也能在工作烦琐与复杂中更为深入和透彻地发掘出思想深邃、哲思悠远的诗歌。

摆在我面前的《辛夷集》呈现着诗人对生命的深思,对大地的悲悯。诗人在个体对自然与生态的交融中进行了人生意义的探索,又做出了对生命本身的思量。她的诗是人类生命个体向大自然生命致敬的诗。在她笔下,树木、花草、河流等自然之物是她的心灵之象。诗人的主体性、诗学观、精神向度,都融在对人类生命与自然的诠释之中。如《风的情怀》一诗:"风,这位永恒的旅者，/无畏地闯荡世界。/它穿越四季，掠过山川，/拂过海洋，横越沙漠，/把爱与关怀送到每一个人身边。//无论是荒芜的沙漠，/还是茂密的森林，/无论是潺潺的溪流，/还是喧嚣拥挤的城市，/风都以它那博大的胸怀，/把爱深深地植入人们的心田。"她以一个诗人的视角，洞察、记录、咏叹、思索，通过大自然的风和她生命中的所思所感，精取出属于诗歌的，也属于人生心意的艺术架构。如《水边柳》这首短诗："水边的杨柳，/伸出无数只细手，/垂钓蓝天白云，/召唤满池锦绣。//柔美的细柳，/婀娜多姿，随风起舞。/折柳送别灞桥头，/是送还是留，欲说还休。"这是情感从内心世界流淌出的语言，充满诗情意绪，彰显出个性认知中的丰富情思。还有《野花》："野花在郊野静静开放，/娇艳欲滴吐露芬芳，/风吹舞动轻盈身影，/绚丽了一路风光。//它们默默守候着季节，/迎接日月星光的洗礼。/不畏风霜雨雪的侵袭，/绽放着生命的辉煌。//让这荒郊野岭风光无限，/让忧伤的人儿不再彷徨。/感受生命的律动，/振奋昂扬，扬帆起航！"她的语言极其自然，朴素简明，是诗歌的元神。

　　李嫒成擅长运用内心独白的方式抒写心灵之象与自然物象的距离，聚焦于人与艺术的互动时刻，蕴含着情感生发变奏的律动，捕捉这些绽放诗性、诗情和诗意的光芒。譬如《一弯残月，摇啊摇》诗："阑珊处，/回眸一笑，/风情万种，喜上眉梢。//云雾缭绕，/定睛寻觅，/一弯残月，/挂在树梢，摇啊摇。"这种更为亲切、朴实、接地气的笔触恰恰让她的诗歌充满了人情味，散发出更多个体性的温度。

　　李嫒成的诗歌很精美，写自然、静景：言说安静的心，在从容静观中穿透风物表层，于不动声色中追求语言精美、意境唯美、思想深邃、哲思悠远的诗歌体系，彰显个体认识的丰富情思和审美风格。如《月光缠绵》一首诗："月光缠绵，悄悄陪伴。/ 心儿寂寞，影儿孤单。/ 只有深深的思念。// 情感满溢，/ 不知该不该诉说。/ 闪烁的那一刻，/ 爱的火焰已熊熊点燃。// 月亮啊月亮，/ 请你悄悄告诉他，/ 我的爱恋……// 月光清寒，/ 低头不语，/ 我无眠。"这些外在的表述，让神性和生命的奥秘自然呈现。我可以抵达诗人塑造的自然意境，领略背后的物象的有灵信仰。

李媛成的短诗没有离开"人文，清晰，朴实，情深"这八个字。其语言流畅清新，意境通达向远。"诗是生命之火，/ 燃烧了自己，/ 温暖了他人。""水中花，/ 捞不起，/ 放不下。"等诗句，在精练的基础上，开发了想象力，使诗意精神取得了飘逸的效应。

我们常常把诗歌创作比喻成一条人生道路，因此，诗路即是生命之路，它伴随诗人终生。此时，我想起李媛成的话："把生活写成诗，把人生变成画，让美梦成为真……"平凡的话语里，焕发出生命之光，成就了一位诗人的达观世界。

严志明，中国作家协会会员、上海市作家协会会员、上海文艺评论家协会会员、浦东新区作家协会原常务副主席。特邀为本书作序。

辛夷花开了（代自序）

田野上，辛夷花开了，
紫玉般的花瓣亭亭向上，
执着坚定，朝着太阳。
她慢慢地绽开笑脸，
露出洁白的花蕊，
是那么高贵典雅、恬然大方。

河岸边，辛夷花开了，
随风摇曳的绿叶紧护身旁，
不管风吹浪打、酷暑寒霜，
团结一心，意志如钢，
执着坚定，勇敢坚强。

高山下，辛夷花开了，
丝丝花蕊吐出沁人心脾的芳香，
唤醒那些慵懒散漫的人们，
美好生活要靠努力拼搏去争取。
快去为自己热爱的人生，
顽强奋斗，永远向阳。

辛夷花啊,
我心爱的花儿。
高贵典雅,芬芳四洒。
坚定执着,勇敢顽强。
热爱生活,努力拼搏。
必将开遍祖国大地,四海八荒。

癸卯年冬月

目录 CONTENTS

壹

第一辑　爱情的春天

时光静好，岁月有情　002
爱你　004
思念悠悠　006
喇叭花的自白　008
心灵旅行　010
爱情的春天　012
啊，我的初恋　014
大胆抓住爱　016
春天，我们恋爱吧　018
让我们再爱一次　020
一条窄窄的小巷　022
梦中再见　024
留一份想象　026
想去看海　028
爱情是什么　029
我们就是春天　031
无愧时光　033
感恩　035
落叶的爱　037
在一首诗里相遇　038

辛夷

01

贰

第二辑　一路苦涩，一路芬芳

假如	042
一路苦涩，一路芬芳	044
温暖的冬天	046
我爱波浪汹涌的大海	048
雾里看花	050
我是最好的我	052
把握现在	053
流浪，追逐远方	054
雪花知我心	056
你好，2024	058
驼队出发	060
天作之合	062
潜龙出水万里航	064
啊，宝贝	065
重插花满头	067
家的灯光	069

第三辑　莲叶田田

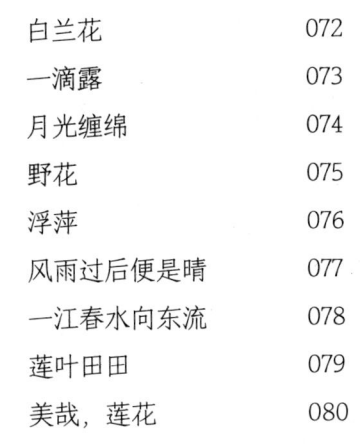

白兰花	072
一滴露	073
月光缠绵	074
野花	075
浮萍	076
风雨过后便是晴	077
一江春水向东流	078
莲叶田田	079
美哉，莲花	080
龙华寺	081
月亮像小船	083
一弯残月，摇啊摇	084
但愿来生做枝莲	085
祭奠日月星辰	087
与魂灵对话	089
龙华寺的猫	091
洁来洁去，我心无愧	093
一朵顽强绽放的梅	
——赞身残志坚的夏梅珠	095

㊄

第四辑　风的情怀

我是一阵风	098
冬日的大河	099
风的情怀	101
落叶化蝶	105
我爱春天	107
我要画个太阳	110
梦中谣	112
最美芦苇花	114
让诗行像清泉流淌	115
风传递了我们的思念	117
春雨敲窗	119
蒲公英的向往	121
岁寒三友	123
流泪的海棠	125
伴梅香入梦	127
幸福是什么	129
明珠永远璀璨	130

⑤

第五辑　秋天的歌

寻梦大明湖　　　　　　134
秋风秋雨大合唱　　　　136
天凉好个秋　　　　　　139
秋思悠长　　　　　　　141
因为有你，秋分外美　　143

第六辑　王者荣耀

王者荣耀　　　　　　146
我爱泼墨丹青　　　　148
亘古男儿—放翁　　　150
那一抹灿烂的晚霞　　152
豁达人生苏东坡　　　154
党啊，今天是你的生日　156

第七辑　上海一景

上海人民公园相亲角	160
小区纳凉看电影	162
人民广场草地上的和平鸽	164
上海图书馆	166
百花齐放	168
激情燃烧的五月	170
龙年西塘	172

捌

第八辑　凤凰涅槃

秧田新歌	176
飒爽英姿	179
百炼成钢	181
海边情思	184
一路金风一路歌	186
凤凰涅槃	188

玖

第九辑　暮年最美的风景

教师节有感	192
暮年最美的风景	193
永葆童心，永远年轻	195
别留遗憾，趁年轻	197
我们是相亲相爱的一家人	199
打开你的窗户	201

拾

第十辑　微诗

组诗一	204
组诗二	205
组诗三	207
组诗四	209
组诗五	210
组诗六	212
组诗七	214
组诗八	215
组诗九	216
组诗十	218
组诗十一	219
水中花	220
水边柳	221
小石头	222
诗	223

拾壹

第十一辑　自说自画

燕归来（一）	226
燕归来（二）	228
归	230
玉龙出山	232
紫藤叮当	234
青山碧水	236
蝶恋花	238
渔舟晚唱	240
双桃献寿	242
事事如意	244
山树	246
江南春	248
鹤寿图	250
玉兔呈祥	252
山村绿意闹	254
秋山独坐	256
鲤跃龙门	258

第一辑
爱情的春天

时光静好，
岁月有情

二〇二四年了，
照照镜子，
脸上多了几条皱纹，
鬓角又添几许华发。
岁月蹉跎，
一晃已成古稀老人，
未免有点儿感叹，
岁月无情！

但我分明看到，
那眯缝的眼角，
多了几条笑纹。
那微扬的眉梢，
露出了几分欢欣。

从日子里捡起的几根萱草,
凝聚了我对母亲的爱恋和感恩。
《萱草集》呱呱坠地,
我的小亲亲。

接着,她的姐妹,
枫叶红,辛夷香,
孕育丰满,美艳动人。
七十多年的积聚
一朝喷薄而出,
势不可当,欣喜万分。

不必感慨时光无情,
岁月的馈赠,
其实十分丰盛。
静下来细细回味,
你会感恩日月可敬。

抬头迎接新年,
春光明媚,春潮滚滚。
岁月静好,风和日清。

爱你

无论时光怎样流逝,
请允许我说爱你,
让我不把青春虚度。
无论人生多么艰难,
请允许我感谢你,
让我尝到爱情的甘苦。

无论怎样风暴雨狂,
请允许我感谢你,
让我在痛苦和彷徨中,
满怀憧憬和希望,
没把美好人生蹉跎。

爱你,
恋你,

拥抱你,
我是为你而活,
不管人生短暂还是漫长,
我的一切都属于你。
有了你,人生才美妙婀娜!

思念悠悠

一杯浊酒,
一支独舞,
一曲离殇,
终究消不去离愁。
点点清泪,
飞向星光清幽处。

此心何处留,
相思难成曲。
烛影摇红空对月,
又对何人诉。

繁星点点映长空,
思念缥缈如水流。
一曲离歌肝肠断,

杯中清酒洒小路。

月色如银洒空楼，
思念化泪空自流。
舞尽繁华空遗恨，
思念悠悠独对户。

喇叭花的自白

你是玫瑰,
绽放着春日的娇艳,
我是喇叭花,
倾听着夏日的呼唤。
在青翠的田野里,
我们天天四目相对,
我深深地爱上了你。

我要大声唱一首情歌,
在甜蜜的清晨,
呼唤梦中的你。
每一句歌词,
都是我深深的思念。

在金色的黄昏,

我吹响喇叭，
为你送来美丽的婚纱。
披在你的身上让人惊艳。

你是我心中的女神，
高贵而神秘，
我愿做你的守护者，
一生一世永相随。

无论风吹雨打，
我都会站在这里，
直到生命的最后一刻，
我都大呼，爱你永不变。
我心中永远挚爱的玫瑰。

心灵旅行

五月的阳光下,
书的海洋里,
进行一次,
悦人悦己的旅行。

聆听哲人先贤的教诲,
倾听自己内心的声音。
思想的碰撞,迸发出璀璨的火花,
灵魂的洗礼,涤荡一切污秽烟尘。

在喧嚣繁杂的人间,
寻求一方净土。
在物欲充斥的尘世中,
进行一场自我修行。
不断反省,修正,百炼成钢,

成为更美好的灵魂。

书海中泛舟,心旷神怡。
与哲人同行,智慧人生。
学先贤榜样,报国为民。
欲求青春永不老,
书海中遨游,
进行一场心灵的旅行。

爱情的春天

爱不需要理由,
偶尔一瞬的邂逅,
心灵火石的碰撞,
迸发出璀璨的火花,
那,便爱了!

蝴蝶迷恋花朵,
藤蔓依恋大树,
葵花追逐阳光。
爱,就是那么自然,
那么赤裸裸。

爱,本就简单,
就像一面镜子,
你我赤诚相待。

就像一条小河,
围绕大山盘旋。
就像一双筷子,
互相扶持帮助。
就像一对鸳鸯,
形影相随相逐。

爱,
就要爱得热火朝天,
死去活来。
爱,
就要爱得无怨无悔,
海枯石烂。
谈条件、讲物质,
那不是爱,
那是交易!

年轻的朋友们,
摒弃所有世俗偏见,
抛开一切物质杂念,
大胆地去爱吧!
爱情的春天,
一定会到来!

啊，我的初恋

啊，我的初恋，
曾为你流泪悲伤，
曾为你疯癫痴狂，
曾为你去流浪，
追寻你的身影，
心中充满渴望。

初恋的甜蜜，
如今已成往事，
回忆那些美好，
心中充满惆怅。

梦一场，
我的初恋，
你已不可能回到我的身旁。

留下的,
只是无尽的思念和心伤。
当初的我们,
如今已各自飞翔,
只能默默祝福。

大胆抓住爱

我故意在巷口徘徊,
期盼与你相遇。
远远看到你的身影,
却又害怕躲闪一边。
我深爱你,不敢启齿,
又担心他人抢占先机。
内心的迷茫如何化解?
乌云密布,快要崩溃。

有个声音告诉我,
跟随真心,勇敢追求,
不必畏惧他人闲言碎语。
有个智者告诉我,
勇敢表白,不要犹豫,
不必害怕拒绝。

若不付诸行动,
她怎么知道你的心意?
或许她正等待着你的勇敢,
彼此之间需要一个机会。

爱不是等待,大胆主动出击。
勇敢开口,抓住爱的机缘。
我相信,只要你战胜怯懦,
勇敢一次,
爱的邂逅终将属于你。
我坚定地跨出大步,
眼前阳光灿烂明媚。

春天，我们恋爱吧

春天来了，春风拂面，
万物复苏，生机盎然。
多么美好的季节啊，
让我们恋爱吧！

春天，我们恋爱吧，
多么肥沃的土壤啊！
播下爱的种子吧，
让它们在心间生根，
发芽，开花，结果吧！

让我们拥抱春天，
感受生命的美好，
让爱情的火焰，
在心中熊熊燃烧起来吧！

春天,我们恋爱吧,
去大树下,去小河边,
在草地上打滚,
在树荫下亲吻。
勇敢地爱吧,
让爱情之花灿烂绽放,
让幸福的歌声响彻天涯。

让我们再爱一次

千年缘分天注定,
我真实地感觉到。
赴死的路上,
没喝孟婆汤。

清楚地记得前世,
我们曾经热烈地相爱。
爱得那么热烈,
山盟海誓爱到地老天荒。

可叹命运捉弄人,
我们没能走进彼此的春秋,
只在两条永不相交的平行线上徜徉。

如今我们已新生,

前世的缘分，
让我们今生继续。
忘却前世的烦恼忧愁，
擦去痛苦离别的泪行。
人生就是如此奇妙，
千年的缘分天注定！
把握今天，
我们再一次相爱吧，
我命中注定的爱人！
让今世我们的爱地久天长。
愿你幸福安康。

一条窄窄的小巷

一条窄窄的小巷,
青石板铺就,
幽深而宁静。
古朴的砖墙,
横竖黑白分明,
把我们残酷地隔离。

秋夜蒙蒙细雨,
洗尽了尘世纷扰,
冲淡了忧伤和悲切,
把我送入梦里。

小路越走越长,
雨点越来越密。
仿佛又回到从前,

那段难忘的回忆。

重温那温馨的时光,
一股暖流涌入心房。
我们在小巷中徘徊,
畅谈未来和理想。
从巷头走到巷尾,
从巷尾又回到巷头。
巷子太短,话儿太长。
如今你是否,
还会回到那小巷?

小巷依然那么宁静,
夜晚依然那么美丽。
只是岁月已逝,
梦醒时分已不再年轻。
但那一段幸福的记忆,
依旧清晰如初,
永远不会消逝。
被你缓缓送入梦里,
让我沉醉……

梦中再见

在无边的夜空中,
有一颗星,
是你的梦,
也是我的梦。

我们相互告别,
在梦的门槛上,
你轻轻说,
梦中见。

一个简单的词,
却蕴含着无尽的思念。
它像一颗种子,
种在我的心田,
生根发芽,

长成了一棵永恒的大树。

那是一眼万年,
是永恒的经典,
是彼此心中永不磨灭的痕迹。

即使岁月流转,
即使我们不能再相见,
但那句话,
那个眼神,
那份情感,
都已化为永恒。

因此,
告别并不是结束,
而是新的开始。
在梦中,
我们再次相见,
在梦中,
继续我们的传奇。

留一份想象

在这纷繁的世界里,
我与你相遇相识,
彼此敞开心扉,
一段美丽的爱情花朵开放。

思念如细雨般飘洒,
缓缓地滋润每一天。
在寂静的夜晚,
你的倩影在我心里荡漾。

每一个细节都深深地铭刻,
你的微笑,你的眼神,
传递着温暖的爱意,
给我奋力追求的力量。

时光荏苒，日月如梭，
我们的爱情愈发浓郁，
宛如盛开的花朵，
散发着馥郁的芬芳。

不论风雨还是阳光，
我将与你并肩前行。
紧握你的手，永不松开，
让爱情在岁月中野蛮生长。

悠悠的诗行诉说着我的爱，
深情在其中缓缓流淌。
不要急着天天见面，
留一点儿思念，留一份想象，
甜蜜的爱恋更像蜜糖。

想去看海

还是想去看海,
去波涛汹涌的海边,
去一个涛声震天的地方。
听不到你的哭声,
听不到我的呐喊!

我愿意在海边,
走上一天一夜。
我愿意在海边,
遗忘那些痛苦的期盼。
我愿意在海边,
抱住一块漂来的船板,
喊它,亲爱的,亲爱的,
我爱你,毫无遗憾!

爱情是什么

爱情是什么?
爱情是平静的湖泊,
倒映着美丽的月亮。
它轻轻地荡漾,
闪现朦胧迷离的神光。

爱情是一束光,
在天边闪烁。
梦幻般浪漫神秘,
孤独的心灵充满向往。

爱情是一杯醇香的茶,
清洌甘甜。
滋润心灵的渴望,
让它溢满清香。

爱情是一座高山，
巍峨挺拔。
只有勇敢的攀登者，
才能观赏到天下最美的风光。

爱情是盛开的花朵，
鲜艳夺目。
散发出迷人的芳香，
千万别迷失了方向。

爱情是一团燃烧的火，
闪烁着迷人的光芒。
飞蛾扑火，
无畏烈焰焚烧灭亡。

爱情是生命的奇迹，
热烈诚挚奔放。
它是人类最美好的情感，
是人生最真挚深沉的诗行。

让我们相信爱情的力量，
用心去感受它的真谛。
无论是风雨还是阳光，
爱情之花永远在心中开放。

我们就是春天

春天来了,
打开门,
推开窗,
让如毛的细雨飘飞进来,
一阵清新凉爽。
春天来了,
小河奔流,
快乐歌唱,
绿柳如丝,
垂钓夕阳。
桃树枝头,
含苞欲放,
黄鹂婉转,
乍泻春光。
大地像个妙龄少女,

披上彩装，
手握魔杖，
娉娉袅袅，
闪亮登场，
选择满意的新郎。

啊！
美丽的春天是年轻的我们，
青春的鲜花遍地开放。
我们播种希望，
我们放飞梦想。
我们努力耕耘，
我们的前程充满阳光！
啊！
年轻的我们便是美丽的春天，
我们的未来充满阳光。

无愧时光

家到学校的路,
不远却漫长。
电线杆一根根闪过,
数着青春时光。

教室里书声琅琅,
抑扬顿挫,久久回荡。
心中有诗书的人,
散发着青春的芬芳。

办公室的灯光,
时明时暗,
闪烁神秘的光,
驱逐着自私和彷徨。

通往理想的大道上，
百舸争流，熙熙攘攘。
心中有路的人目视前方，
不慌不忙奔赴考场。

如今白发苍苍，
岁月见证过往。
自豪，无愧时光，
昂首走在上学的路上。

感恩

我是那么幸运,
总有一张张笑脸,
出现在人生的各个路口,
给风尘仆仆的我一个港湾,
给饥寒交迫的我一束火焰,
给失意惆怅的我一丝慰藉,
给攀登崎岖山路的我一只援手,
给胆怯懦弱的我信心和坚强。

不要羡慕我的幸福。
我不忍心踩踏小草,
小草许我青葱。
我给花儿施肥浇水,
花儿赐我芬芳。
我给小树培土灭虫,

小树挺直了脊梁。
手捧阳光，
懂得珍惜，
生活就会这样眷顾你。
懂得感恩，
知道回报，
生活就会加倍地报答你。
热爱生活，
心有阳光，
手握玫瑰，
赠人花香，
感恩给予，
自然舒畅。

我曾是一株路边的小花，
我曾是一棵柔弱的小树，
我曾是一块小小的顽石，
在爱的呵护下成长。
沐浴阳光，
心怀感恩，
把爱和温暖传递到远方。

落叶的爱

慢慢地,
慢慢地,
一片叶子在秋风的吹拂下离开了母树。
飘起来,
飘起来……
天上的云朵轻轻地挽留她,
飞过的小鸟热情地欢迎她,
篱笆墙大声地招呼她。
她无动于衷,
仍然慢慢地飘落,
飘落……
扑向那又老又丑的树根,
她要去亲吻自己的母亲,
要去拥抱自己永久的爱人。
她紧贴着母亲的面颊,
安然地入睡。

在一首诗里相遇

月光下读诗,
在一首诗里相遇。
没有风花雪月的浪漫,
没有金戈铁马的豪情,
只有我们的浅吟低唱,
只有高山流水情思悠长。
这种淡然,这种温馨,
月亮微笑,星星眯起眼睛。

我们感叹人生如梦,
岁月流逝。
感慨人世多舛,
世事难料。
感受人生苦短,
相遇太晚。

感觉一首诗太短，
太短！

风飘飘，雨摇摇，
情悠悠，路迢迢。
人生难得一知己，
惺惺相惜情渺渺。
诗一首，心相系，
缘一段，足够了。

在一首诗里相遇，
在月光下别离。
月下玉臂寒，
月下琴声断。
缘到相遇，
缘尽分离。
只有月儿温柔，
唯觉月光缠绵……

第二辑

一路苦涩,
一路芬芳

假如

假如你不够快乐,
就让阳光洒满心间,
让微笑成为你的语言,
让歌声荡漾你的生活。

假如你感到孤独,
就让心灵与万物相连,
倾听风的歌唱,
感受雨的抚摸。

假如你迷失方向,
就让信念指引前行,
勇敢面对挑战,
相信未来无比广阔。

假如你失去勇气,
那就让爱唤醒内心的力量,
拥抱希望和明天,
让梦想指引生活。

让我们一起前行,
不畏困难,不惧挑战,
让爱与希望照亮前路,
让快乐与幸福永远相伴。

一路苦涩，一路芬芳

总有难言的惆怅，
我不想故作潇洒，
只是有泪不轻弹，
默默吞咽不声响。

有些事只能独自面对，
有些泪水只能独自品尝。
咬紧牙关去抗争，
一路风雨，一路歌唱。

不要给我描绘春天，
我的心里自有阳光。
不要给我描述大海，
我从来就不怕风浪。
风雨过后见彩虹，

勇敢前行不彷徨。

只要心中充满希望,
不怕黑暗夜茫茫。
坚定信念不放弃,
驱散阴霾,展翅翱翔。

岁月如歌,
拼搏奋斗吧!
抛开一切烦恼惆怅,
迎接美好的未来,
一路苦涩,一路芬芳。

温暖的冬天

站在冬天的门口,
想念隆冬。
雪地里打雪仗,
支起小筛子捉麻雀,
踩着别人的脚印上学。
这些早已成为乡愁的蝴蝶,
盘旋在记忆里。

上学时,
母亲再三地叮咛,
揣在怀里热腾腾的烤山芋,
脚下母亲亲手做的厚厚的棉鞋,
那股温暖穿透一切,
永远深深地留在我的心里。

我站在冬天的门口，
盼望着，
温暖的冬天飘然而至。

我爱波浪汹涌的大海

我爱波涛汹涌的大海,
也爱微波潺潺的溪流,
喜欢明媚的阳光,
也喜欢缠绵的雨天,
这就是多姿多彩的人生。

在鲜花芬芳的春天,
我欣赏大自然的生机勃勃。
在寒风凛冽的冬季,
我感受生命力量的坚韧。
在巍峨的高山面前,
我赞美人们勇于征服的豪情。
在广袤的宇宙下,
我感到自己是粒微尘。

活在烟火人间，
无论是阳光灿烂的日子，
还是雨雪交加的时刻，
我都能静静享受季节的美好，
默默接受生活的馈赠。

我坚信，
只要心中有阳光，
就能照亮前行的路，
就能在生活的压力中找到力量，
就能谱写属于自己的美好篇章。
热爱生活，不怕困难，
勇于承担社会、人生的责任，
才是真正能享受多姿多彩生活的人。

雾里看花

喜欢雾里看花,
喜欢水中望月。
目光随着月色迷离,
思绪随着水波荡漾。

人生百态如同烟雾,
纷繁尘世终归虚妄。
何必劳心伤神去揣测,
何必自寻烦恼把神伤。

雾中花朵浑然自在,
蕴藏生命的美丽。
水中皓月映照心灵,
散发智慧的光芒。

雾中花，水中月，
迷雾中找寻真实的自我，
水波中凝视内心的智慧。
人生若能参透其中的真谛，
方能超越烦恼，自我解放。

我是最好的我

我是大树,
无须仰慕星辰,
独立峰顶自有我的风度。
风吹过,我坚若磐石,
雨洗刷,我洁净如初。
即使是在青藏高原,
我也能傲视群雄,展现自我。

我是高山,
无须畏惧风雨雷电,
我有我的旋律,我有我的节奏。
我以我的姿态矗立在大地之上,
我以我的力量,向世界宣告:
我,就是最好的我。

把握现在

你来，便春暖花开，
欢声笑语随风而来。
你来，便心花怒放，
点亮青春，激情澎湃。
无悔的时光永记心怀。

你去，
回忆着逝去的青春，
遗失的欢乐和温暖。
难道不为自己的选择后悔，
不该说声抱歉？

岁月匆匆，人来人往，
谁又能永远相伴？
不用遗憾，把握现在，
过好当下每一天。

流浪,追逐远方

捧起一把闪亮的星星,
洒进岁月的长河,
激起层层的波浪。
浪花一圈一圈地漾开,
流年往事,
也在这长河中起伏跌宕。

我曾为谁痴迷?
我曾为谁牵挂?
为了谁我又跋涉千里,
去寻觅心中那朦胧的月光?

那刻骨铭心的相思啊,
憔悴了一颗漂泊的心,
斑驳了一座又一座的山,

蹉跎了一年又一年的时光。
云水千里,
月明何处是故乡?

云一片,雨一阵,
山一程,水一汪,
流浪啊,流浪……
停泊在那凄美的红尘渡口,
等待那西下的一抹残阳。
等待啊,流浪……
还是去流浪,
追逐那浪漫的远方……

雪花知我心

寒冷的冬日里,
大雪纷飞,
江山银装素裹,
分外美丽。

雪花像一群小精灵,
唱着歌儿,飘洒嬉戏,
在天地间打滚撒欢,
带来快乐和温馨。

雪花似一群小仙女,
曼妙的舞姿,婆婆动人。
舞动着青春,
传送醉人的风情。

它们是岁月的馈赠,
是大自然的诗篇。
无限的生命活力,
让世界充满了神奇和美丽。
雪中的静谧和浪漫,
让心灵旷远而宁静。

一行黑色的脚印打破静谧,
搅乱了我的心绪。
风雪中,
一个缓缓而去的倩影……
我不知不觉地跟随,
洁白无瑕的雪花知我心。

你好，2024

感恩，岁月有情，
一年又一年。
深一脚、浅一脚，
风一程、雨一程，
闯进了 2024 年。

2023，
苦与乐、好与坏，
喜也好、忧也罢，
通通略过。
万水千山，惊涛骇浪，
只等闲。

2024，
神龙摆首，

绣球高转,
欢乐无限,
老骥犹奋蹄,
龙马高扬鞭,
大步流星走向前。

高高兴兴,
与快乐、健康、幸福,
干个杯,碰个盏。

你好,2024!
我们一起,
砥砺前行,奋勇向前。
你看,晚霞满天,
朝阳更灿烂。

驼队出发

一口锅,
一个灶,
一顶蒙古包,
炊烟袅袅。

没有风,
没有云,
没有路,
前途渺渺。

驼队出发,
正视前方,
坚定执着,
四周静悄悄。

头驼昂首,
后队跟上,
夫妻同心,
前程美妙。

你看,
那边阳光灿烂,
回眸,嫣然一笑。

摄影 / 任洪良

天作之合

文学和医学,
自古渊源深厚,
一家亲。
医学治人疾病,
文学滋养心灵。
人类健康,
心灵美丽,
社会才稳定繁荣昌明。

出海口鼎植通力合作,
文创基地应运而生。
神来之笔,
天作之合。
共享资源,
共赢人生。

鼎植技术世界闻名,
出海口诗浪滚滚。
我们携手,
前程似锦。

注:出海口即出海口文学社。

潜龙出水万里航

龙年至,
出海口潜龙出水,
风急浪高礁冷,
何惧!
扬波万里航。

笔走龙蛇,
胸有锦绣,
神采奕奕,
书写辉煌。

人生难得一搏,
乘风破浪,
志昂扬!

啊,宝贝

盼望着,盼望着,
终于盼到你呱呱坠地,
我们的宝贝,
快乐的小精灵。

啊,宝贝!
你是我们爱情的结晶,
我小心翼翼地把你捧在手心,
把一块"鼎植文创"的玉牌,
挂在你的脖颈。
一股暖流霎时传遍了全身,
那美妙的感觉,
无法用言语说清。
你把温暖欣喜,
传递给了我们每一个人,

我眼前一片光明。

你看,
那红扑扑的小脸多神气,
那哇哇的叫声激动人心。
小腿扑腾扑腾,
好像要出发,
要去飞行!

我闭目凝神,
设想着你的未来。
啊,宝贝,
你看,
东方日出正红,
出海口诗浪滚滚……

重插花满头

风铃上挂满摇摇晃晃的日子,
我躺在藤椅上细数。
随心抽取阅读,
不让它们荒芜。

那一根根摇曳的柳条,
是我随手插下的柳枝长成,
记录着我们的脚步。
相识,相恋,
离别,回首,
再不回头。

路边的小草,
是最忠诚的伙伴。
年年青绿,

不怕风霜雨露。
也是我的粮食，
靠它填满精神的饥渴，
慢慢地自我修复。

一首首离殇，
一曲曲离歌，
长亭复短亭，
引吭高歌，
那流年岁月。
期待夕阳朝晖，
清风雨露。
风铃声声，
重插花满头。

家的灯光

黑暗的夜,没有月亮。
眺望远方,
看到有一盏灯为我点亮。
照亮流年,温暖心房。
那是我永远眷恋的家。

童年的欢笑,青春的悸动,
每一个角落,
都储满感人的故事,
充溢爱和希望的鲜花。

长大背起背包闯天下,
心却仍留在家。
父母的关怀呵护,音容笑貌,
温柔如风,

追随身边装满行囊。
蹉跎岁月,
难免有悲伤和惆怅。
想想家,
就又挺起胸膛,
哪怕急流险滩也要蹚。

心中有个家,
无论走到海角天涯,
写满温情与爱的灯火,
始终在心间燃亮。
抬头仰望,
家中的灯光永远明亮。

第三辑
莲叶田田

白兰花

白兰花静静开放,
你的美丽如诗如画,
幽幽香气溢满心怀,
让我陶醉无法自拔。

白兰花悄悄开放,
风姿绰约在我心中荡漾。
你是女人花,
是我心中永恒的歌。

我愿为你赴汤蹈火,
只为守护你的芳华。
你是我生命中的一切,
爱你直到地老天荒。

一滴露

一滴露,
凝结成霜,
蕴含风花雪月,
人世沧桑。

一滴露,
晶莹闪亮,
照出白发苍苍,
背后的青春华章。

一滴露,
滋润心田。
秋花虽老,仍吐芬芳,
含香悠远,地久天长。

月光缠绵

月光缠绵,悄悄陪伴。
心儿寂寞,影儿孤单。
只有深深的思念。

情感满溢,
不知该不该诉说。
闪烁的那一刻,
爱的火焰已熊熊点燃。

月亮啊月亮,
请你悄悄告诉他,
我的爱恋……

月光清寒,
低头不语,
我无眠。

野花

野花在郊野静静开放,
娇艳欲滴吐露芬芳,
风吹舞动轻盈身影,
绚丽了一路风光。

它们默默守候着季节,
迎接日月星光的洗礼。
不畏风霜雨雪的侵袭,
绽放着生命的辉煌。

让这荒郊野岭风光无限,
让忧伤的人儿不再彷徨。
感受生命的律动,
振奋昂扬,扬帆起航!

浮萍

浮萍自在水中游,
无心计较根基愁。
只要一腔柔情在,
随波逐流何堪忧。

风来吹拂身姿动,
雨落承载叶不收。
纵使漂泊千万里,
随你同行情更稠。

风雨过后便是晴

雨雪初霁,
竹林幽幽,
寒气阵阵,
冷风飕飕。
披裘林边坐,
看风打竹林。

不如唤来东坡对饮,
管他穿林打叶风紧。
人生何惧风雨,
风雨过后便是晴,
自在逍遥载酒行。
哈哈,天边已放晴!

一江春水向东流

枕一弯明月,
听秋风萧萧。
挽一带江流,
看百舸随波游。

捧一抔黄土,
品秋思绵绵。
采一把芦花,
白了少年头。

听檐水滴滴,
点点敲打心头。
情丝绵长知多少,
一江春水向东流。

莲叶田田

莲叶田田映碧天，
莲花亭亭尽明妍。
清风拂过叶微动，
细雨飘零作翠涟。
清心寡欲高洁客，
随遇而安淡泊篇。
品格超凡谁解意，
守贞不贰伴红颜。

美哉,莲花

莲叶田田,美人幽眠。
侧有露珠相伴,
下有清泉濯然。

容颜端庄,淡雅妙曼。
灵魂高贵,神秘悠闲。
似女王审视群臣,
如仙子独舞翩跹。

君临天下,赐福人间。

龙华寺

家住龙华寺附近,
这是前世修来的福分。
闻听晨钟暮鼓,
笼罩着慈爱的佛光。

每天夕阳西下时,
龙华古刹的钟声,
悠扬敲响,
传向四方。

晚风吹拂时,
龙华塔飞檐悬挂的铁马,
叮咚作响,
把给母亲的祝福声声高唱。
听着听着,

我不想回家,
来回徘徊,
在回家的路上。

慈悲为怀,乐善好施,
是做人的根本。
心心向阳,心里敞亮。

不必登菩提,
上镜台,
父母就是心中的菩萨。
感恩父母,
越走越亮堂。

月亮像小船

月亮像小船在天空游弋,
载着我的思念飘飞。
漫漫长夜,茫茫星空,
小船找不到归途。

老天有时并不公正,
情深缘浅最折磨人。
将你藏在心灵深处吧,
愿你平安无恙,
孤独的灵魂就有温暖和依托。

一弯残月,摇啊摇

阑珊处,
回眸一笑,
风情万种,喜上眉梢。
云雾缭绕,
定睛寻觅,
一弯残月,
挂在树梢,摇啊摇。

但愿来生做枝莲

但愿来生做枝莲,
不求闭月羞花貌,
只求冰清玉洁身。
亭亭玉立碧水中,

风姿绰约,
逍遥清闲。
任风儿吹拂,
不倒。
凭蝶儿轻吻,
不醉。

听蛙声阵阵,
我自清净。
看游鱼嬉戏,

我自恬淡。

冷眼看世界，
尘世混浊，
我自独清。
清醒对人生，
众人皆醉，
我自独醒。

不蔓不枝，
不依不附，
中空直立，
唯我独尊！

不贪恋尘世浮华，
静立荷塘，
享月色之朦胧，
沐清风之柔美，
听流水之潺潺，
笑看风云变幻，
静静地、安然地老去，
只留清香在人间。

祭奠日月星辰

雄鹰翱翔蓝天,
乳燕廊下呢喃,
大河急流奔涌,
小溪潺潺流淌。
母亲的汗水落在地上,
砸出个坑,
开出了绚烂的花。

蒲公英飞上蓝天,
寻找妈妈。
落叶轻吻大地,
呼唤妈妈。
没有踪影,
耳边风声阵阵,
传来妈妈说过的话。

女人要温润如玉,
映出你的善良高雅。
青春是用来奋斗的,
百折不挠,柔可克刚。
不相信眼泪,不需要怜悯,
女人从来就不是弱者,
生命因奋斗绽放光华。
温柔坚定的话语,
像天边飘飞的彩霞。

我用温馨甜蜜的怀念,
唱起满怀深情的歌,
祭奠,
大海,蓝天,
星辰,月光,
祭奠心中的妈妈。

与魂灵对话

中元节,
与魂灵对话。

过往将来,
思念久远。
山河回眸,
深情款款,
追古抚今。
大地回声,
无怨无悔,
松柏常青。

我与魂灵,
相视而笑,
一片圆满光明。

唯见大雁南飞，
秋去春来，
满怀深情。

龙华寺的猫

龙华寺的猫,
独有福分。
能听晨钟暮鼓,
声音洪亮。
感恩人生的美好,
膜拜这一季的金黄。

猫儿轻轻地,
嗅着那落叶的馨香,
聆听它深情歌唱。
余音缭绕,
钟磬清亮,
洒金铺地,
是对母亲的感恩,
是对慈悲的弘扬。

不要流连寺庙,
父母就是你心中的菩萨。

猫儿静静聆听,
把脸紧紧地贴在落叶上。

摄影 / 木子

洁来洁去,我心无愧

旋转的经轮,
给岁月画上了圆满。
无情的风沙,
把圆满撕碎。
火红的枫叶,
映红暮年灿烂的晚霞。
飘飞的黄蝶,
使梦境中的人儿憔悴。

我自洁来,
我自洁去,
不必计较荣辱得失,
心怀惭愧。
我们带不走一抔黄土,
带不走一缕青烟。

唯一留下的是爱，
带走的是心中母亲的神位。

一朵顽强绽放的梅
——赞身残志坚的夏梅珠

一场意外,
夺去你姣美的容颜,
老天却给你留下了智慧的双眼,
去发现人间的美景:
浩瀚的蓝天,
飘飞的白云,
壮美的高山,
湛蓝的大海,
还有人们美好的心灵。

灾难使你失去了灵巧的手指,
你用残存的指紧扣相机,
按下快门,
拍下山河的壮美,
大地的辽阔……

拍下人间最美最纯的感情。

灾难会迫人萎靡不振，
一蹶不起，
你却像天使一般闪亮登场，
自信地站在舞台中央，
跳起了欢乐的舞蹈。
脸上充满着自信，
洋溢着幸福的微笑，
传递心中最美的风景。
这就是你，
一个不同寻常的女孩夏梅珠，
一朵顽强绽放的梅！

灾难毁灭不了强者，
你用顽强和毅力，
创造了生命的辉煌。
你是生活的强者，
人生的赢家。
你可以自豪地告诉人们，
生活的美丽，
只属于那些不向命运低头，
自强不息奋斗不止的人。

第四辑

风的情怀

我是一阵风

山不能使我畏惧,
海不能使我却步。
山和海,
都不能使我的步伐变得不坚定。
磨难,是一生珍贵的财富。
挑战,是一座辉煌的灯塔。
我是一片云,融入蓝天。
我是一阵风,永远奔放向前!

冬日的大河

冬日的枫树，
承载不了火红的梦想，
叶子纷纷落下，
被风吹向四方。

冬日的大山，
承载不了落日的辉煌，
光秃秃地站着，
显得突兀而凄凉。

冬日的田野，
承载不了人们的希望，
无奈地沉默，
一片死寂苍茫。

冬日的大河，
被大雪覆盖，
被冰层密封，
看不到一丝光亮。

你可曾想到，
那厚厚的冰层下面，
有波澜起伏，
有潜流激荡。
时刻准备着，
冲破冰层奔向希望。

你看，春天到来时，
这汹涌澎湃的河水，
冲破冰封了，
昂起头颅，迎着朝阳，
跃马扬鞭，奔向自由豪放，
洒下一路芬芳。
啊！你听，
大河在欢唱。

风的情怀

风,这位永恒的旅者,
无畏地闯荡世界。
它穿越四季,掠过山川,
拂过海洋,横越沙漠,
把爱与关怀送到每一个人身边。

无论是荒芜的沙漠,
还是茂密的森林,
无论是潺潺的溪流,
还是喧嚣拥挤的城市,
风都以它那博大的胸怀,
把爱深深地植入人们的心田。

风在四季中穿梭,
带来生命的力量。

春天,
它轻拂着嫩芽,
唤醒沉睡的大地,
让万物复苏。
夏天,
它扑向热浪,
为炎热的世界,
带来一丝丝的清凉。
秋天,
它悠扬而深沉地穿过,
让金黄舞动大地,
为丰收的季节增添喜悦的色彩。
冬天,
虽然凛冽刺骨,
却带来了纯净的雪花,
让世界披上洁白的外衣,
给庄稼盖上一层呵护的棉被。

风穿越山川,
它是大自然的诗人。
在崇山峻岭间,
呼啸而过,
展现大自然的威严。
潺潺溪流边,
它轻拂而过,

掀起微波潋滟。
广袤的草原上，
它自由驰骋，
展示大自然宽广的胸怀。

风掠过海洋，
它是海上的精灵。
它推动着海浪翻滚，
汹涌澎湃一往无前。
以它那巨大的威力，
展现海洋的生命与风采。

风在城市中穿梭，
它是城市的呼吸。
在繁华的街道，
它带着现代都市的气息。
在古老的巷弄，
它带着历史的痕迹。
在繁忙的广场，
它带着人们的欢声笑语。
在安静的公园，
它带来生活的温馨和安恬。
无论是喧闹的城市中心，
还是宁静的小巷角落，
它都把爱洒向人间。

它吹散了人们心头的忧郁与困惑，
为孩子们带去了欢笑与快乐，
为大地带来了滋润与新生，
为世界带来了变化与活力。
无论它走到哪里，
风都以它那博大的胸怀，
不断地传递着爱与关怀。

我们欣赏风那美丽博大的胸怀，
感受它的力量与魅力，
更加珍惜这个美好的世界，
更加热爱这个充满爱的世界。

落叶化蝶

秋风萧瑟,
吹落了满树的黄叶,
它们纷纷扬扬,随风飘逸。
一片片落叶,如同一封封信笺,
向大地述说着秋天的故事。

我拾起一片落叶,
心中不禁疑问,
那翩翩起舞的蝴蝶,
如此美丽,
落叶何时才能化蝶?

苍天无语,只是微笑,
让我们在落叶中寻找答案。
只有经历过生命的沧桑,

才能明白化蝶的意义。

落叶并不是悲伤的象征,
而是生命的轮回,是希望的种子。
它们在春天重新发芽,
便是生命的轮回,万物的新生。

我们不必再为落叶何时化蝶而烦恼,
而是欣赏这美丽的落叶,
感受生命的美好。
当春天来临,万物复苏,
我们将会看到新的生命在升腾,
在舞蹈,在演绎黄叶化蝶的传奇。

我爱春天

诗人们喜欢春天。
迷人的春光,
在诗行里流淌。

暖律潜催,幽谷暄和。
春袂翩翩,莺歌燕语。
春天踏着柳永的宋词而来。

千里莺啼,酒肆旗风,
瘦西湖畔,吹箫引凤,
春天踩着杜牧的鼓点而来。

垂柳婀娜,春桑压枝,
呼朋唤友,沽酒而歌,
春天伴着李白的歌声而来。

沙暖鸳鸯，江山日丽，
漫步田野，繁花满蹊，
春天随着杜甫的脚步而来。

我也爱春天。
灿烂的春光，
在我心中流淌。

我爱春雨缠绵细密，
那晶莹如玉的雨珠，
点点滴滴，淅淅沥沥。
所有的生命，
在它的滋润下拔节生长。

我爱春阳豪放辉煌，
那瀑布似的阳光，
尽情地倾洒奔放。
万物自由自在，
放牧生命，放飞梦想。

我爱故乡的春天，
那绿柳婆娑的河边，
有我儿时的伙伴，
有生我养我的亲娘。

我爱祖国的春天,
生机勃勃,欣欣向阳。
嫦娥奔月,高铁奔向四面八方。
捷报频传,奥运亚运国旗飘扬。
祖国啊,繁荣富强。

啊,我爱春天,
我要歌唱。
我爱祖国的春天,
我要放声歌唱。

我要画个太阳

我喜欢阳光,
喜欢在阳光下歌唱。
看小草破土发芽,
享受阳光的爱抚。
听小鸟林间欢叫,
阳光洒在它身上发光。

我要画个太阳,
让阳光照遍每个阴暗角落,
所有的丑恶都无处躲藏。
我想让阳光穿透每个心灵,
温暖心底最寒冷的角落,
让泪水和着微笑绽放。

当太阳下山的时候,

落日渐近西山,
但仍壮丽辉煌。
缓缓落下,
迎接明天崭新的太阳。
我喜欢阳光,
我要在阳光下放声歌唱!

梦中谣

风筝高飞蓝天,
与云朵共舞轻扬。
小红花儿,
和糖果的味道一样。
彩色的笔,
描绘无尽的想象。
沙堡堆得高,
海浪是它的围墙。
秋千高高荡,
梦想随风飞扬。
蝉儿高声唱,
知了,知了,
什么忧愁都忘。
流星划过天际,
偷偷许个愿,

梦想立刻膨胀。

啊,童年的时光,
温柔甜蜜的梦乡。
那份纯真,
时光无法抹去。
那份快乐,
永远珍藏在心房。
童年的歌,
在心中轻轻吟唱:
让我们荡起双桨,
小船儿轻轻漂荡,
漂呀,漂呀,
漂向向往的远方……

最美芦苇花

质朴素雅芦苇花,
江边随意可见她。
六宫粉黛无颜色,
白头犹作诗与画。

让诗行像清泉流淌

世上什么最美丽可爱?
孩童纯真无邪的笑脸,
清澈如水的眸子,
发自内心的真实的渴望。

诗人怎样才能写出最美的诗行?
不卖弄自己学识的渊博,
不炫耀自己语言技巧的华美,
像孩童一样呼吸,
一样呐喊,
像天使一样,
热烈地爱,由衷地微笑,
才能流出最美的诗行。

诗人就该是天使,

呼吸纯净的空气,
展开想象的翅膀,
露出诚挚的笑脸,
发出无邪的歌声。
扑扑翅膀,
在天空自由翱翔。
让诗行,
像潺潺清泉流淌。

风传递了我们的思念

闲暇时光,
我喜欢捧杯清茶,
站在窗口眺望远方。
让风拂过我的面颊,
穿过我的头发。
我就会感到,
我亲近的那些人,
我思念的那些人,
在某个地方平静地生活着,
各自忙碌着,
风同样轻拂着他们,
岁月静好,
这样就足够了。
见与不见,

说不说话，
都没有关系。
风儿把我们的思念互相传递了。

春雨敲窗

春雨轻轻敲响我的窗,
似竖琴拨动,
叮咚作响。
如耳语呢喃,
儿女情长。

悄悄问春雨,
淅淅沥沥细密绵长,
为何如此温柔,
滋润心房?

春雨含羞回答,
盼望春色满园,
桃李芬芳。
盼望五谷丰登,

丰收在望。
盼望山河静美，
人人安康。

我对春雨小声说，
还有唐诗宋词溢花香，
还有我的诗儿一行行。
春雨回眸一笑，
凝神静听我的诗行流淌……

蒲公英的向往

秋天到了，
山边小路旁长着的一棵蒲公英，
张开毛茸茸的小脸，
向四处张望。
马上要离开妈妈了，
我飞向何方？
她不舍得离开妈妈温暖的怀抱，
又向往外面的世界。
身边的小石子滚下山岗，
再也没有回来！
脚边的小溪，
离开时唱着欢乐的歌。
偶尔飞来的蝴蝶，
嘟囔着，
东边的大花园里百花芬芳。

外面的世界太精彩!
蒲公英鼓足勇气,
撑起小伞,
飞啊飞啊,
飞向远方!

岁寒三友

松

山巅一青松,
扎根岩缝中。
坚韧白云知,
何惧西北风?

竹

修竹立冻土,
苍叶迎寒风。
腹中满锦绣,
风流笑寒冬。

梅

老树发春思,
花开独一枝。
临水照花容,
幽香满素衣。

流泪的海棠

廊下一盆海棠,
有点儿憔悴。
几个花蕾,
久久不肯盛开。
今天清晨,
我发现,
每个低垂的花蕾顶端,
都挂着一滴泪。

我想轻轻地把它擦去,
可是我的泪,
也情不自禁地滚落。
我轻轻地呼唤,
海棠花呀,
何时你才肯盛开?

人们的心情你一点儿也不理会!
让这滴泪水落下吧,
传递人们的缅怀之情,
滋润盆里的土,
滋养你的根。
让花儿昂头盛开,
在天的灵魂也会欣慰。

我轻轻地吁了口气,
凝神注视着海棠。
她似乎听懂了我的意思,
缓缓抬起了头,
落下了那滴泪……

伴梅香入梦

朔风紧吹,雪花飘洒。
年根岁末,心中牵挂。
不禁披紧衣角。
手捧一杯暖酒,
沉吟廊下。

墙角寒梅,
老桩盘根错节,
抽出新枝一二。
几朵梅花,
寂寞地开着,
无人陪伴她。

且与梅花做伴吧,
说说心里话。

新年来临，
愿能繁花似锦，
如诗如画。
梅花暗笑昂首。
几缕清香，
送我回家。

幸福是什么

幸福是什么?
只见花开,不见花落。
只见山高,不见风大。
只见海阔,别问天涯。
只见人智,暗笑自傻。
只见菩提,不登镜台。
笑对轮回,自度自划。

明珠永远璀璨

往日推开窗，
总见东方明珠，
闪耀璀璨。
今夜雾蒙蒙一片，
什么都看不见，
未免有点儿怅然。

人生，
总需有束光指引，
有个人做伴，
才有方向，才温暖。

我闭起了双眼，
凝神息气。
目光透过云雾，

心中豁然开朗,
火苗熊熊点燃。

这点儿迷雾算什么,
明珠永远璀璨。

第五辑
秋天的歌

寻梦大明湖

驾一叶扁舟,
寻梦大明湖。
碧波荡漾的湖水呀,
美得让人心醉。
不敢动篙,
怕戳碎我的梦,
不敢划桨,
怕摇碎我的心,
小心翼翼地荡漾。

生当作人杰,死亦为鬼雄,
高亢的誓言在耳畔回响。
帘儿底下听人笑语,
凄婉的悲鸣在心头回荡。
旅居西子湖廿年的居士,
为什么没有留下一篇,

赞美西湖的诗章?
谜底豁然明朗。

西湖月色再美,
抵不过大明湖的月影。
西湖的水再清澈澄碧,
不如大明湖水轻柔温馨。
那是儿时的山山水水,
那是家乡的楼台明月。
中州盛日美景何在,
国破家亡何日雪耻?
栏杆拍遍无人会!
商女不知亡国恨哟,
隔江犹唱后庭花。

一个柔弱的女子,
一个顶天立地的英雄,
一个无奈的诗人,
一个不屈的斗士。
大明湖水碧波荡漾,
心中的女神巍峨端庄。
大明湖水波澜壮阔,
清波激扬源远流长。
如同你的名字和诗行,
在我心中久久回荡……

秋风秋雨大合唱

秋风秋雨慢条斯理,
裹着尘土夹着落叶,
飘飘洒洒,点点滴滴,
飘然而下,
让人在风雨中感叹徜徉。

难怪迁客骚人风雨中,
感叹仕途失意身世凄凉。
游子登高远眺思念家乡。
恋人情丝绵绵,
如秋风秋雨欲断肠。

但是自古以来秋风秋雨中,
也有不怨天尤人,
不怨风怨雨的人高唱。

你听,
陆游投笔从戎,
满怀豪情朗声高诵,
楼船夜雪瓜洲渡,
铁马秋风大散关。
豪情万丈。

杜甫闻听收复失地的喜讯,
巫峡中啼不住的哀怨猿声,
在他耳中也变成欢快音乐,
伴着小舟,
轻快地越过万重山回归洛阳。

关心百姓安乐的辛弃疾,
也在秋风送来的稻花香里说丰年,
听取蛙声一片。
喜气洋洋。

朋友,不拘泥于个人恩怨得失,
不怨天尤人,悲观彷徨。
关心国家的前途,人民的安康,
就会视野开阔,心胸豁达,
生活就会充满希望。

放眼望,

山河壮美,秋去春来,
前途似锦,一片阳光。
秋风秋雨就是满怀憧憬,
展望未来的欢乐大合唱!

天凉好个秋

秋风细雨飘着秋,
金风玉露枫林秀。
凄蝉嘶鸣恨,
林鸟啼喁啾。
啼喁啾,
往事意难酬。

意难酬,
如云似烟随风流。
抹不去你美丽的倩影,
忘不掉徘徊往复的路口。

哭过、笑过,
那个秋!
谢了林花,

雨打芭蕉,
只剩落花任水流。
你我却道,
天凉好个秋。

秋思悠长

秋思总是那么悠长,
秋风萧瑟,
秋水冰凉,
秋叶飘落,
让人心生凄凉。
爱人啊,你在何方?

稻子熟了,
金黄闪亮。
柿子红了,
灯笼闪光。
枫林晚景,
满目辉煌,
让人充满幻想!
爱人哪,

你可思念家乡？

秋思悠长，
你看大雁南飞，排列成行，
秋蝉嘶鸣，悲切凄凉，
芦花白头，飘向远方，
带着我的心啊，
也飞向远方。

我的心总是牵挂着远方，
远方的你呀，
何时能够回归故乡？
我们一起西窗之下共读西厢，
我们一起数星星看月亮。

因为有你，秋分外美

因为有你，
秋便成为一道亮丽的风景。
一段美好的回忆，
定格了一段美丽的人生。

我等待，
秋风捎来你温暖的问候，
秋雨传来你脉脉的深情，
秋花展现你美丽的容颜。

我期待，
秋天的蒲公英会飞呀，
飞到你的身边，
带去我的心声。

花儿谢了,
下一个花信时盛开。
草儿枯了,
春风吹又生。
燕子南飞,
明春会回归。

等你,
我们续写下一段美丽传奇,
我们一起描绘美妙的人生。

第六辑
王者荣耀

王者荣耀

力拔山兮气盖世,
剑啸狂风不可挡。
百二秦关终归楚,
只手擎天雄姿爽。
好一个威猛盖世的楚霸王!

鸿门宴宝剑不出鞘,
只为忠义与信仰。
他人议你妇人仁,
岂知英雄肝胆肠?
好一个光明磊落的楚霸王!

乌江楚歌作和声,
击剑伴舞别娇娘。

虞姬项羽含笑别,
好一个有情有义的楚霸王!

宁可站着高傲死,
绝不苟且渡乌江。
鼠辈岂知英雄义,
美名千载天下扬。
好一个顶天立地的楚霸王!

我爱泼墨丹青

平生爱丹青,
张大千的荷花千姿百态,
让人神清气爽,悦目赏心。
徐悲鸿万马奔腾的嘶鸣,
听之心潮澎湃,万丈豪情。
白石山翁鱼虾活蹦乱跳,
直觉鲜气逼人,满口生津。
大师王维的画中山水,
画中有诗,至情至性。

学先贤泼墨挥毫,
寄情山水。
揽清风,伴江流,
小舟缥缈。
借一轮空山明月作画,

来一壶杏花村酒独饮。
今夜,
我醉倒在清明长河中,
笑看风云变幻,水绿山青。
侧听松涛鹤鸣,流水潺潺。
抚平岁月流逝的遗憾,
抛却年轮飞转的惆怅。
人生夫复何求?

静待旭日东升,
雄鸡报晓,天下太平,
我愿在丹青长卷中长醉不醒。
哈哈哈,
夫复何求!夫复何求!

亘古男儿一放翁

在浩瀚的诗海中,
有位伟大的诗人,
纤丽情深堪比秦观,
豪迈雄壮赛过东坡,
爱国情怀光照千秋,
他就是南宋大诗人陆游。

放翁一生诗万首,
二首足以慰平生。
千古一曲《钗头凤》,
记录了唐陆那凄美的爱情。
青梅竹马的恋人,
唱和相随的伴侣,
棒打鸳鸯两离分,
留下终生的遗恨。

历尽千帆皆不是,
八十老翁思故人。
重游沈园肝肠断,
只见春波不见人。
错!错!错!

《示儿》一首名千古,
爱国情怀赤子心。
心怀壮志报祖国,
投笔从戎踏征程。
楼船夜雪瓜洲渡,
铁马秋风大散关。
壮志未酬身先老,
但悲不见九州同。
含悲饮恨难瞑目,
家祭无忘告乃翁。
恨!恨!恨!

千古吟诵《示儿》诗,
万众传唱《钗头凤》。
自古多情亦豪杰,
亘古男儿一放翁!

那一抹灿烂的晚霞

蜀山兀,阿房出,
覆压三百余里。
横空出世,威震朝野,
少年才子杜牧之。

经世济民立大志,
出身望族将相后。
诗词文赋人人赞,
《孙子兵法》神下注。

进士及第游曲江,
披红戴花,气宇轩昂。
江头数顷杏花开,
人人争看少年郎。

水村山郭酒旗飘,
枫林晚景分外俏。
二十四桥明月夜,
玉人夜夜忙吹箫。

瘦西湖中绿波漾,
五亭桥上伴红装。
十年一觉扬州梦,
醒来可知是他乡?

有没有找到红颜知己,
为你掌灯研墨添香?
有没有等到权贵伯乐,
为你指引人生方向?

夕阳无限好,
只是近黄昏。
那一抹灿烂的晚霞,
怎能挽回国运日衰的大唐?
眼中的泪,心中的血,
流淌,流淌,
为自己,为大唐!

豁达人生苏东坡

漫步苏堤，春光无限，
杨柳依依，荷叶田田。
笑寻筑堤人，
东坡在何方。

一生颠沛贬四方，
四海为家不凄凉。
杭州筑堤为百姓，
黄州农耕打猎忙。
竹杖芒鞋轻胜马，
一蓑风雨任徜徉。

转瞬几度秋风里，
看取眉头鬓成霜。
爱妻客死葬异乡，

十年生死两茫茫。

罪责岭南蛮荒地,
父老相携迎苏公。
笑啖荔枝倡纺绩,
医馆学馆东坡造。
造福一方为百姓,
云山秀水乐逍遥。

大江东去浪淘沙,
风流才子人人夸。
满腹锦绣入史册,
豁达人生多潇洒。
江山代有才人出,
笑看风云唯有他。

党啊，
今天是你的生日

党啊，今天是你的生日，
我要放声歌唱。
歌唱你百年奋斗，
创造辉煌。

在你的带领下，
我们用鲜血和生命赢得新生解放。
今天在谱写崭新的日月篇章。
巨龙腾飞，
日月同辉，
中华圆梦，
国富民强。

我是一名老兵，

老当益壮。
不忘初心,
心儿向阳。
永远跟党走!

看前方,
锦绣中华,
壮丽辉煌。
看前方,
壮士正当年,
霞光万丈。

党啊,
我要高声歌唱,
我要放声歌唱!

第七辑
上海一景

上海人民公园相亲角

寒风凛冽,雪花飘飞,
熙熙攘攘的南京路有点儿冷清。
人民公园相亲角却热气腾腾。
老头老太帮儿孙找对象,
牵线搭桥煞费苦心。

年纪虽大,动作麻利,
招亲牌子挂起来。
我家的姑娘妙龄二十八,
肤白,眼大,个儿高。
我家的孙子是海归,
外企高管有出息。
我家的孙女多才艺,
会唱歌,会跳舞,会弹琴。
七嘴八舌如数家珍,

笑声飞出小树林。

有个老头笑呵呵,
我也挂牌找老伴,
吃穿不愁互相照顾,
找个说话的人暖暖心。
一位老太太红着脸,
察言观色仔细听。
暗自思忖心中喜,
做老伴也许能行。

其实呀,成功的概率并不高,
孩子们也不希望老人们操心。
只是那份心意,那份亲情,
让人感动,让人涕零。

人民公园相亲角全国闻名,
很多老人慕名来沪取经。
期盼儿女早结良缘,
结婚生子,绵延子嗣。
可怜天下父母心!

小区纳凉看电影

夏日晚风拂过小区,
人们搬个小椅子,
到小广场纳凉看电影,
真是件快乐的事情。
老胶片唤醒沉睡的记忆,
黑白画面叙述动人的故事。
那些英雄的岁月展现在眼前,
回想那鼓舞人心的革命豪情。

大人、小孩,欢聚小广场,
欢声笑语飘呀飘向远方。
经典老片触动心灵。
人们心中那温馨的回忆,
柔软细腻的情感,
澎湃汹涌的往日激情,

在这些老电影中,
得到宣泄、找到共鸣。

小区纳凉放电影,
身心享受,增进邻里感情。
欢声笑语在空中飞扬,
炎热的夏夜变得凉爽温馨。

人民广场草地上的和平鸽

清晨一缕缕柔美的阳光,
洒在绿茵茵的草地上。
秀美柔软的草儿,
像披上金色晨装的女郎。
和平鸽自由自在,漫步徜徉。
它们拍动洁白的羽翅,
无拘无束地畅享阳光。

来来往往的游客,
驻足观赏,
把自己吃的面包摊在手掌上。
和平鸽不慌不忙地踱到跟前,
看了看微笑的人们,
慢慢地将美味品尝。

宁静的大地上，
弥漫着祥和快乐，
人与鸟的友谊，
在这里绽放光芒。

清晨的阳光缓缓洒下，
柔和地照耀草地，
洒在人们身上。
和平鸽自由踱步，
书写着和平和谐的乐章。

一切忧愁烦恼随风飘散，
我深深地吸了口，
这清新甜美的空气，
和所有的人一样心情舒畅。

草地上的和平鸽，
美好的使者，
用羽翼轻拂人间，
将和谐和平传递四方，
将爱的种子，
播撒在这美丽的土地上。

上海图书馆

一个阳光明媚的周末,
我走进上海图书馆,
这智慧的殿堂。
众多读者和我一样,
在这里汲取知识和力量,
追逐着自己的未来和梦想。

白发的爷爷喜欢古典书籍,
在这里揣摩古人的智慧。
几千年的文明,
是永远也挖掘不尽的宝藏。

小学生充满好奇,
睁大双眼,
在知识的海洋中搜寻、探索,

汲取知识、灵感和力量。

年轻人如饥似渴,
翻阅世界文明的乐章。
探索世界前沿的知识技术,
寻找开拓未来科技的方向,
青春在这里闪光飞扬。

很多人和我一样,
在书海中徘徊,
一直流连至打烊。
就像长了翅膀,
汲取的知识和力量,
将为小船助力,给水手添粮,
为中华腾飞,扬帆助航!

百花齐放

有人会说,
当今文化沙漠,
上海文学之都,
春风拂面,百花齐放。

诗文阅读交流会,
精品纷呈。
文笔精华知识讲座,
传遍四方。
出海口文学社,
扬帆出海航。
浦东诗社,
诵声琅琅。
幽燕诗书画,

雅俗共赏。
精英在这里荟萃,
各种文化团体,如雨后春笋。
精彩作品,海内外唱响。
歌颂伟大的时代,
歌颂日新月异的祖国,
歌颂伟大的中国共产党。
文化的春天,灿烂辉煌!

激情燃烧的五月

五月的映山红像熊熊火焰,
燃烧山野平原。
英烈的忠魂在火中升腾,
炙烤着某些人的卑劣与平庸。
挺起胸膛做人,
生命自当充满燃烧的激情。

五月的出海口波涛汹涌,
以摧枯拉朽之势,
冲刷一切污垢、怯懦,
吓得海鸥寸步难行。
勇敢的海燕搏击风浪,
腾跃的浪花为它鼓劲。

激情燃烧的五月,

中华大地鲜花璀璨,
振兴中华责无旁贷。
会当水击三千里,
敢叫大地换新颜。
为巨龙腾飞,
我们同德同心同行!

龙年西塘

龙年西塘，
喜气洋洋的水乡。
挂着大红灯笼的龙舟，
在碧波里荡漾。
娇小美丽的船娘，
操着吴侬软语招呼游客。
和着潺潺水声，
哼上一曲江南小唱。
就这样摇啊摇啊，
摇进小街坊。

小小石拱桥横卧水上，
桥下流水潺潺，
桥上人来人往。
酒香阵阵袭人，

大红的酒旗摇晃。
杏花村,怀风楼,
乾隆皇帝的身影犹在。
一曲新词酒一杯,
唐诗宋词在水中荡漾。

龙年西塘,
一条条金龙在街上游荡,
昂首翘尾,
龙珠闪亮。
带来春风,
行得夏雨,
迎接秋天的一片金黄,
写下龙年新诗一行行。

第八辑

凤凰涅槃

秧田新歌

骄阳似火,
晒得秧田里水发烫。
我们一排八人,
各占一行,比赛插秧。
我信心满满,要拿冠军。
观众评委,
田埂上排成两行。

插秧不拼蛮力,
是个技术活。
要心灵手巧,两手并用。
一手分推秧苗,
一手撮起六七棵,
笔直插下。
横平竖直必须成行,

既要快又要好,
不然就被包饺子,
丢人现眼,
站在田中出洋相。

要为上海姑娘争气上榜。
号令一下,
我憋足一口气,
埋头插秧。

顾不上擦汗,
管不了水烫。
汗水一行行,
插秧一行行!
秧苗插得横平竖直,
赢得一阵又一阵鼓掌。

到了终点,
站在田埂上吹风,
抬头看看,
远远落后的本地职工,
心中得意扬扬。
一不小心,向后摔了下去,
四脚朝天,
惹来一阵大笑哄堂。

太阳高兴地躲进云朵,
给大地一丝清凉。

哈哈,上海女娇娃,
成了插秧能手,
骄傲,大家的榜样!

飒爽英姿

一望无际的盐碱沙滩,
一条长长的大堤海防。
迎着朝阳,
勇敢的农场女民兵,
威武雄壮。

没有戎装,手握土枪,
头上冒着热气,
身上披着寒霜。
飒爽英姿,目视前方,
比任何一个摩登女郎都漂亮。

偌大个海滩,
呼啸奔腾的海浪。
几个人站岗,

心里却一点儿都不害怕。
初生牛犊不怕虎,
心里只有祖国,只有党,
身后有铁壁铜墙。

海风掀起了阵阵波浪,
芦苇在海堤边摇晃,
我们农场女民兵,
守卫在海防线上。
面朝太阳,无上荣光。

百炼成钢

寒冬腊月,
修整河道,开河、挑泥,
是每年的必修课,
也是年终评选的重要一项。
能否坚持到底,顺利过关,
对日后的发展大有影响。

太阳刚露出笑脸,
我们突击队就出发了。
来到大治河边,
加深河道挖淤泥,磨炼肩膀。

两畚箕的淤泥又湿又重,
压在肩上重千斤,
平地也踉踉跄跄。

更何况,
登上十几级台阶,
一步一步向上。

那汗水呀,黄豆大,
向下滴,向下淌。
脸红涨得像猪肝,
两腿发抖,真难扛。

必须挺住,
这是年终的考验。
我们是突击队的姑娘,
要为全队做榜样。

坚持到下午两点半,
那腿呀,
怎么也不听唤,
一直打战,
最后干脆跪在了台阶上。

怎么办?
不能倒下!
我咬紧牙关,
挪动膝盖,向上爬。
用牙齿咬住绳子,

用肩膀拉,
腾出双手抓住畚箕,
一筐一筐,一步一步,
向上挪,
终于挪到了河堤旁。

好不容易,挨到收工。
看看哪个膝盖,
裤子早就磨破,
鲜血淋漓往下淌。
细皮嫩肉的上海学生,
硬生生地磨成了铁姑娘。

这一段磨炼终生难忘!
是我一生最宝贵的财富,
让我学会坚韧顽强。
今后的人生旅程中,
接受一次又一次考验,
不怕任何艰难险阻,
大步走向人生的美好时光。

海边情思

夕阳洒金,
洒落在一望无边的海滩上。
海堤旁墨绿的蒹葭,
披上了柔美的新装。
海风轻轻吹拂,
水面泛起阵阵细小的波浪。

我站在高高的长堤上,
眺望远方,
那是我梦魂萦绕的地方。
海水前浪推着后浪,
海鸥在头顶盘旋飞翔。
我的心啊,
早已飞向远方。

我小心翼翼地,
掏出怀里揣着的鸽子,
轻轻地托在手掌。
仔细地叮咛,
鸽啊,别飞错了方向。
飞吧,飞到北国哨所,
捎去他久待的亲吻,
告诉他,我在等待,
在这儿静静地等他归航!

一路金风一路歌

金风送爽的日子,
南汇国庆桃闪亮登场。
又大又甜,红润透亮。
为了尝鲜,
我们骑着自行车前往。
一路金风一路歌,
像小鸟一样飞翔。

两人一辆车,
姑娘坐在身后,
男生就倍增力量。
不一定就是情侣,
同一个连队,
同是上海青年,
就同亲人一样。

也许将来就成了搭档。

一路金风一路歌,
快乐的歌声,
在空中久久回荡。

凤凰涅槃

风吹过,
云飘过,
月儿弯弯照沙洲。
潺潺的小河水,
吱呀吱呀的老水车,
袅袅升起的炊烟,
忙里忙外的姨娘,
荷锄晚归的农民,
戏水腾跃的伙伴,
还有大槐树下讲故事的老外婆,
那是我们镌刻心底的故乡,
无忧无虑最美最亮的星辰。

如火的骄阳,
刺骨的寒风,

不怕。
三夏抢收抢种,
隆冬挖泥开河,
何惧!

风声依旧,
涛声依旧,
晨光温馨,
晚霞满天。
白发苍苍的我们从容淡定,
心儿向阳的我们依旧年轻。
大江大海都渡过,
小河流水算什么?

树叶飘落归根,
花儿凋谢留芳,
不慌不忙,回归来处,
大自然是我们最好的归宿。
一生无憾,
欣然长啸,
我来也!我来也!
凤凰涅槃,
浴火重生。

第九辑
暮年最美的风景

教师节有感

耕耘讲台四十载,
至今思之亦感慨。
少年失怙无依靠,
倾心倾情育人才。
望子成龙父母心,
传道授业师本分。
回眸满目桃李艳,
师生本是有缘人。

暮年最美的风景

小小讲台三尺三,
执鞭至今五十年,
倾注了满腔的爱和热情,
我,
一位平凡的教育工作者。
没有丰功伟绩,
只有满心欢喜的学生,
只有浓浓的母子情深,
只有桃李芬芳的美景。

作为教师,
传道授业解惑是本分,
指引人生道路是责任,
关爱呵护学生是本性,
师生相聚一场是缘分。

作为教师,
理当不断丰富自己,
胸有诗书和远方,
奉献自己的热和光。
去教育,去引导,
去关爱学生。
精工锻炼,
铁石也能炼成钢。

古稀之年,
学生捧着鲜花来看望,
抱着孩子来拜师尊。
我热泪盈眶,
幸福万分!
人生何处无风景?
这就是暮年最美的风景!

永葆童心，永远年轻

摘下一朵白云，
握住一缕凉风，
掬上一捧清泉，
怀揣一份天真，
我们这群银发少年，
欢度"六一"，
出发旅行。
谁说我们老了？
美丽的人生六十伊始，
七十，正当青春！

纯情初夏，
姹紫嫣红，
大山大海，
召唤我们。

桂林山水，
敦煌飞天，
大漠古道，
南海云烟，
风物长宜放眼量，
大好河山任我行。

我们正年轻，
用无邪的目光看世界，
用纯真的童心看人生，
用慈悲博爱做善事，
用自尊自爱度余生。
心有阳光，
手有余香，
天天过"六一"，
永远年轻！

别留遗憾,趁年轻

满头华发的我们,
什么都值得回忆,
因为你忘了很多,
该留的才烙刻于心。

脚步不爽的我们,
外面的风景太诱人。
我们青春不再,
远山大海成背景。

满脸皱纹的我们别再矫情,
该哭该笑任凭心,
用泪水和笑声,
抚平往日的伤痕。

岁月啊匆匆不饶人，
我们这个年龄，
想干什么就趁早，
别等思路紊乱理不清，
别等腿脚不便出不了门。
别留遗憾，
趁年轻。
是的，
我们还年轻！
快打开门，
迎接新年的第一个黎明！

我们是相亲相爱的一家人

住进这楼十一春,
不知邻居的姓名,
每天电梯里上下,
微笑点头算招呼,
不愿多说一句话,
既熟悉又陌生。

怀念住弄堂的日子,
十几户人家一家亲。
包顿小馄饨,
从弄堂头送到弄堂尾。
过个小生日,
各家都会来贺喜。
结婚啊,
孙子宴啊,

就摆在弄堂里,
桌子接龙长长的一条。
那个香啊,
馋得孩子大流口水。

病毒横行的今天,
这些好传统悄然回归。
业主群里问候的微信飞传,
稀缺的绿叶菜大家分享,
有小孩的人家,
会收到牛奶、面包、水果,
没有具名,
不知是谁。
患难之中,
守望相助,
钢铁长城。
生活真是一本教科书,
教会人们取舍,
传统美德,
悄然复活。
不用怀念过去,
珍惜眼前的邻里情,
我们是相亲相爱的一家人。

打开你的窗户

我喜欢打开窗子,
极目远眺那一方神奇的土地。

刚毅的山,
妩媚的水,
和煦的阳光,
温柔的春风,
美丽的大自然,
尽收眼底,
心旷神怡。

自由的生命尽在窗外:
凌空飞翔的小鸟,
悠闲散步的白鸽,
追逐嬉戏的蝌蚪,

采花啜蜜的蝴蝶……
自由自在，
潇洒随性。

奋斗的人生尽在窗外：
奋力抬起大骨头的小蚂蚁，
忙碌奔波的快递小哥，
手提电脑挤地铁的白领，
摇头晃脑高声诵读的学生……
人生就是奋斗，
拼搏进取，
砥砺前行。

朋友，打开你的窗户吧！
万千景象，
尽收眼底。
人生奥秘，
生活情趣，
充满活力，
好生欢喜。

第十辑

微诗

组诗一

善良

不用穿什么衣裳,
摆在面前,都漂亮。

真诚

不需要化妆,
随心而来,都明亮。

生活

不必忧愁,
少点儿欲望,日子都敞亮。

组诗二

夫妻

柴米,油盐。
过日子。

恋人(一)

插花,戴柳。
开胃酒。

恋人(二)

红玫瑰,
甜言蜜语,
情深深,雨蒙蒙。

朋友

喝酒,聊天。

共度时光。

知己

可以替你去死的人。

组诗三

时间

只要留下足迹,
就没有虚度。

金钱

只要获得快乐,
满足,幸福,
花了就值。

爱情

由心而生,
注定心痛。

死亡

只要相信,
灵魂永存,
就该没有恐惧和痛苦。

组诗四

云

随风飘浮，
风吹即散，
冷凝成冰。
没有根，没有心！

雪

洁白无瑕，
一脚踩上，
便污迹斑斑。
小心！

组诗五

刘邦

都说汉高祖刘邦,
没文化,
是个混混。
一首《大风歌》成为传世之作,
颠覆了人们的看法。

刘备

卖草鞋的刘备,
凭什么成就大业?
会哭,会哄人。

周瑜

周瑜羽扇纶巾,

风流倜傥,
雄才大略,登台拜将。
哭喊,既生瑜何生亮!
可笑!

项羽

项羽楚霸王,
力拔山兮气盖世。
兵败突围,
不肯过江东。
傻不傻!

组诗六

元稹

信誓旦旦,
除却巫山不是云,
转身另攀高枝。
凤凰男,
可恨!

薛涛

花坛女校书,
千古只一人。
可叹!

林黛玉

心比天高,

命比纸薄。
可怜!

杨贵妃

长生殿里天长地久,
马嵬坡上一命升天。
爱美人,
更爱江山!

组诗七

海浪

海浪如狼似虎,
汹涌澎湃,扑向堤岸。
无功而返。

海燕

海燕,海上精灵,
高傲地飞翔。
无视惊涛骇浪。
勇者。

海鸥

海鸥,
围着船儿转。
食客。

组诗八

啄木鸟

林子大了,
什么都有,
只怕啄木鸟。

鹦鹉

说人话,
不做人事。

鹅

趾高气扬,
曲项向天歌。
不知天高地厚。

组诗九

其一

青梅煮酒,
论英雄。
刘备。

其二

自是酒中仙,
对影成三人。
李白。

其三

拿酒来,
借酒浇愁愁更愁。
独饮。

其四

酒,穿喉入肚,
啥滋味?
问小度。

组诗十

太阳

旭日东升,
霞光万丈。
蒸蒸日上。

骄阳

骄阳似火,
炙烤万物。
唯我独尊。

落日

落日熔金,
笼罩大地。
日薄西山。

组诗十一

昙花

片刻即谢。
为什么?
怕恼了百花。

含羞草

手一碰便低头,
为你的不礼貌,羞。

朝露

晶莹剔透。
太阳出来,不见了。
怕羞。

水中花

水中花,
　捞不起,
　　放不下。

水边柳

水边的杨柳,
伸出无数只细手,
垂钓蓝天白云,
召唤满池锦绣。

柔美的细柳,
婀娜多姿,随风起舞。
折柳送别灞桥头,
是送还是留,欲说还休。

是送还是留,欲说还休。

小石头

大山之巅,
站着一块小石头,
狂妄自大,
高叫,
我比山高!
一阵风吹过,
滚落山沟。

可笑!

诗

诗是灵魂的音符,
喷薄而出,
激动人心。

诗是生命之火,
燃烧了自己,
温暖了他人。

诗是春夜细雨,
淅淅沥沥,
随风入夜,
难眠。

诗是夜空的流星,
一闪而过,
击中心灵。
燃烧。

第十一辑
自说自画

燕归来（一）

柴门春色俏，
东园枝头闹。
故主情难舍，
燕子归来早。

燕归来

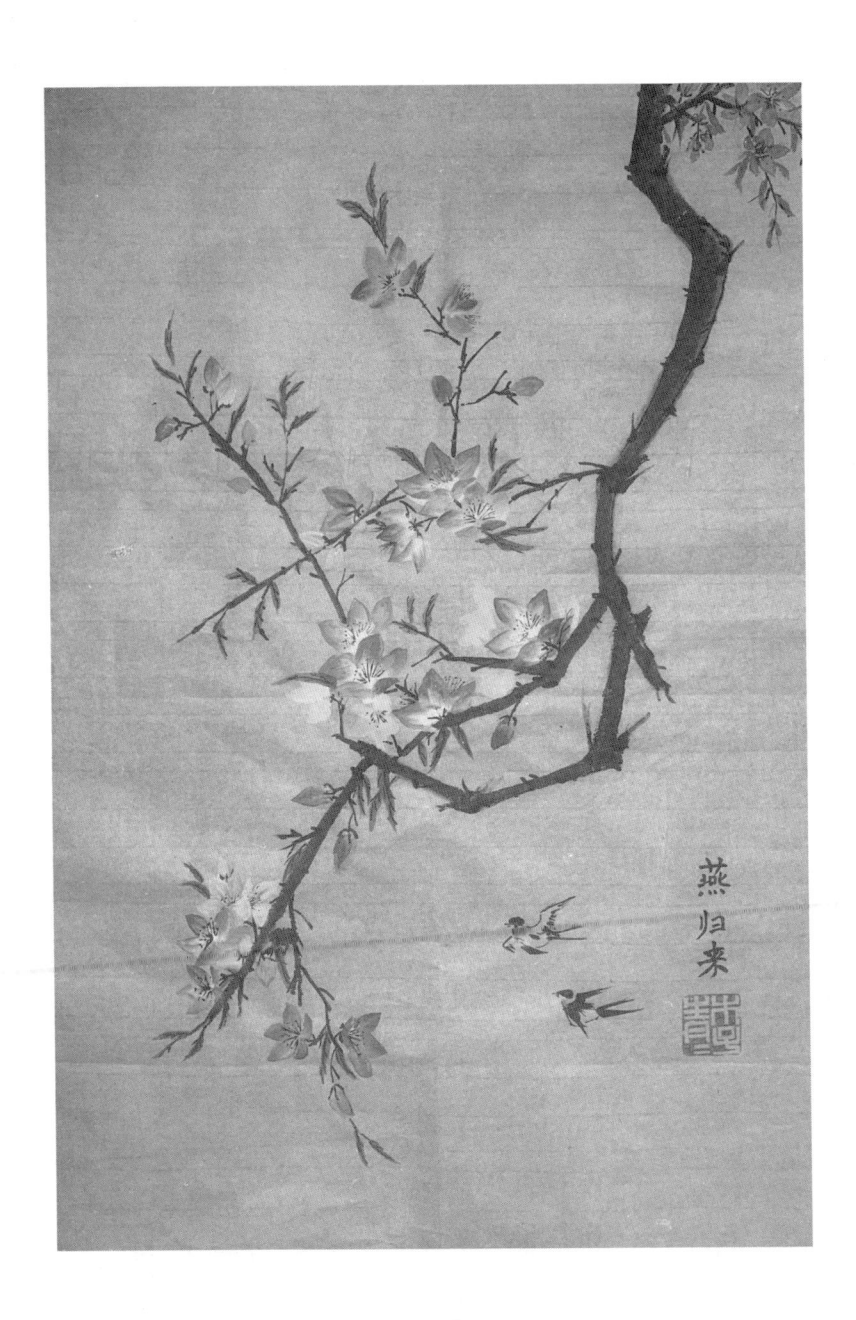

燕归来（二）

春柳依依拂碧水，
波光潋滟映晴空。
燕归啼啭声声脆，
唤得春风入画中。

春归 木示 画

归

雪覆茅舍远,
天低山更高。
渔夫披月归,
炊烟暖心笑。

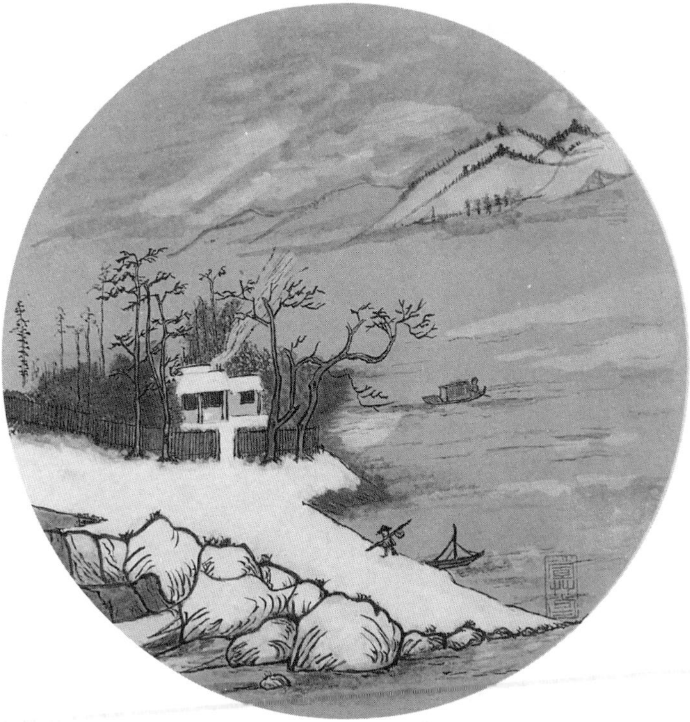

玉龙出山

雪练从天落,
玉龙出山来。
青松迎远客,
相见更尽欢。

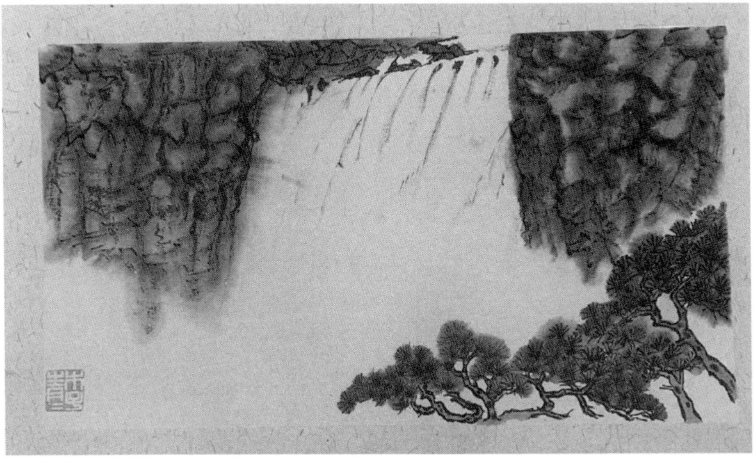

紫藤叮当

紫气东来,
婷婷袅袅。
环佩叮当,
藤缠玉绕。
小女有意,
才郎可好?

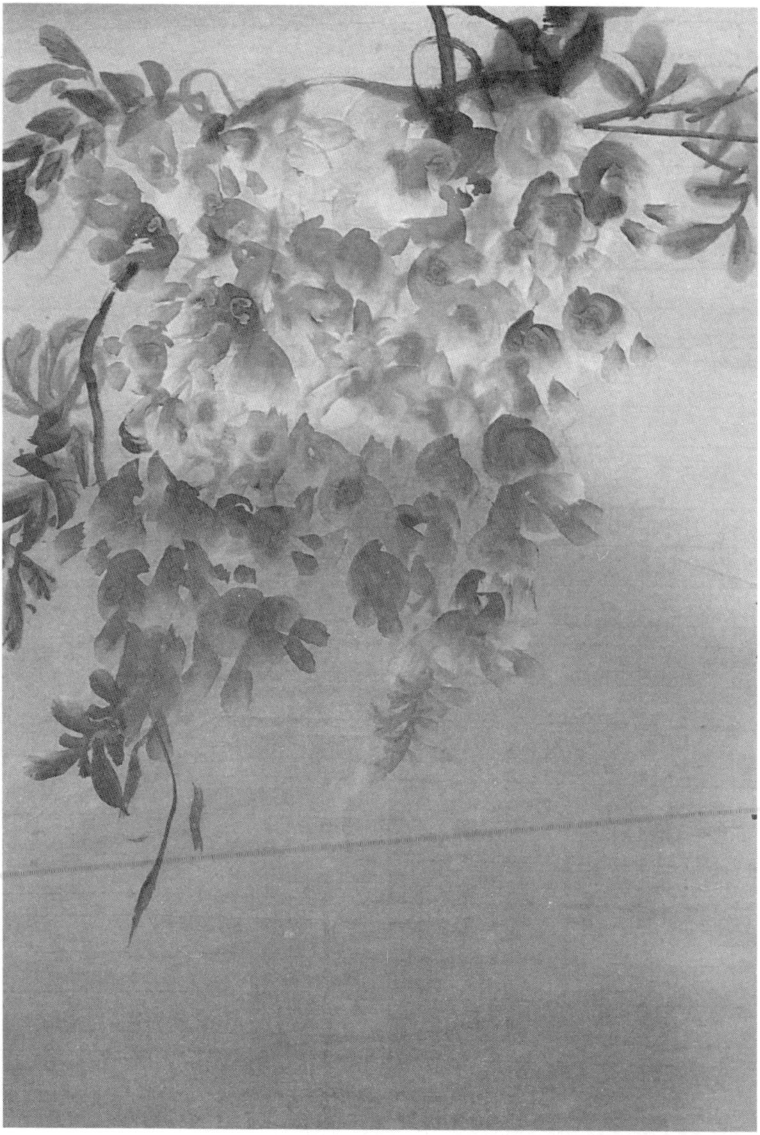

青山碧水

碧水缠青山,
青山碧水牵。
白云深处住,
快活似神仙。

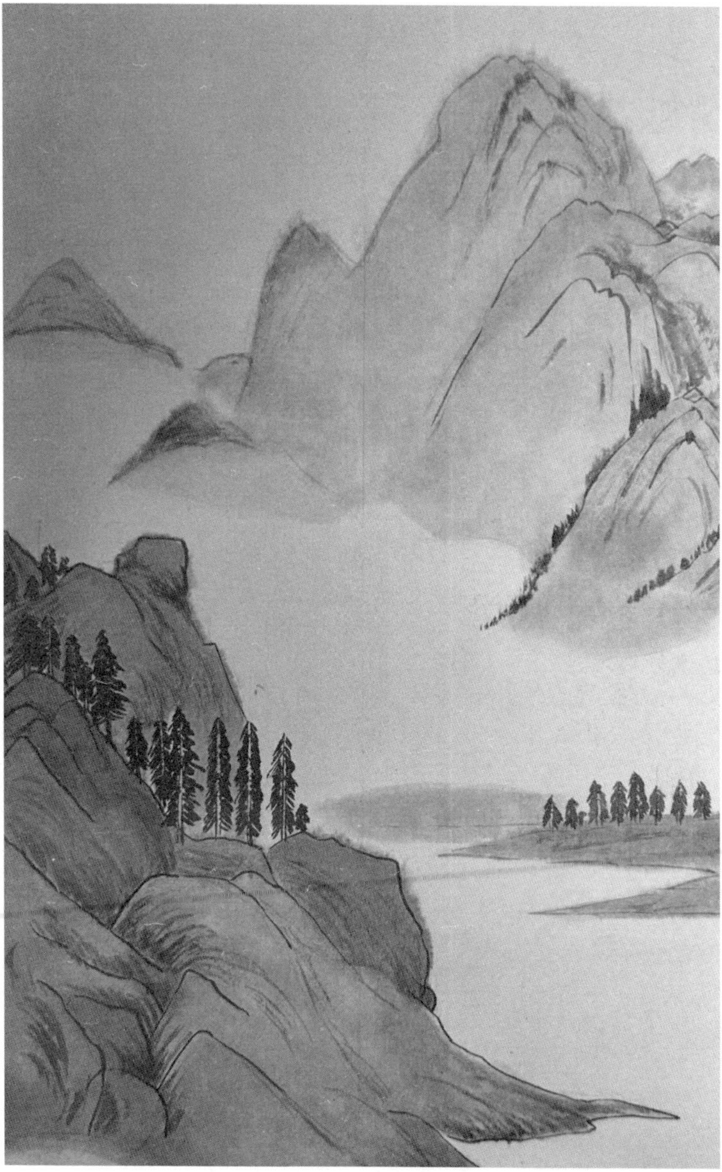

蝶恋花

花恋蝶苦待,
蝶恋花随意。
两情若相悦,
忠诚勿相戏。

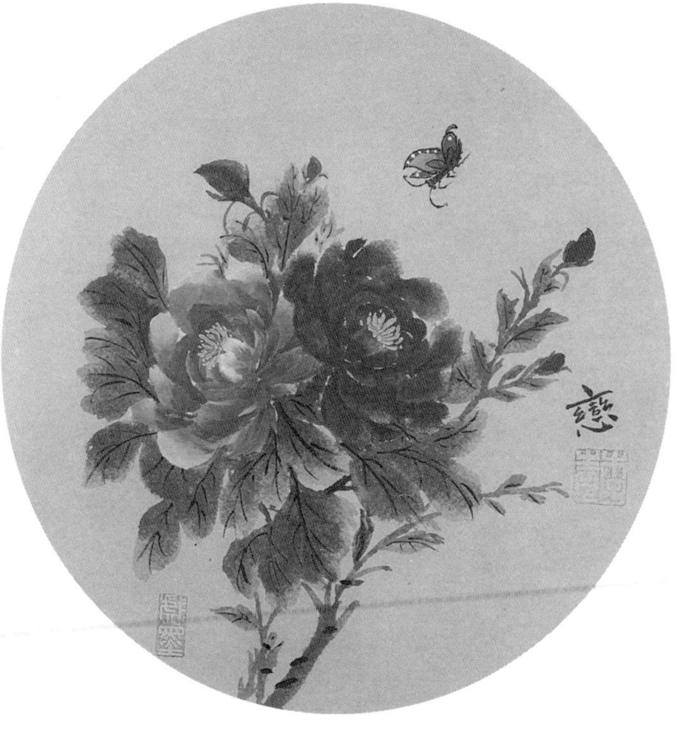

渔舟晚唱

夕阳余晖中,
渔舟满载归。
扯篷拉升帆,
归心快如飞。

渔舟晚唱

双桃献寿

双桃献寿,
相依白头。
幸福安乐,
此生何求。

雙壽 壬寅春 木子書

事事如意

事事皆如意,
何来不如意。
没有不如意,
何谓皆如意。

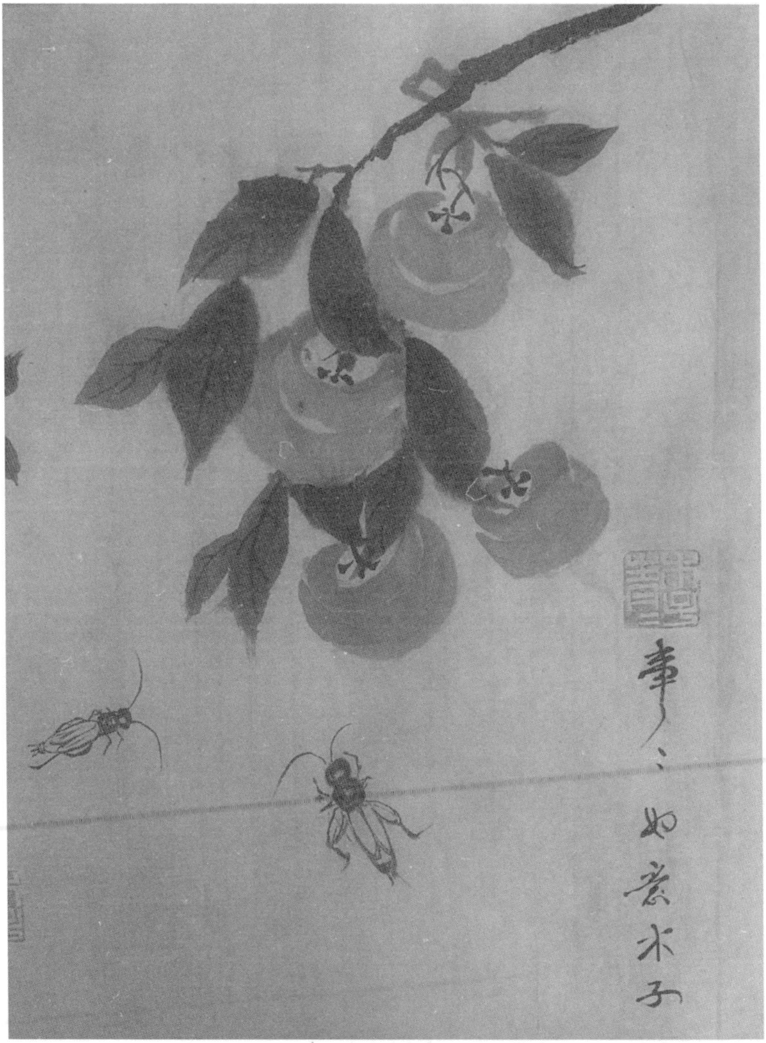
事〻如意木子

山树

扎根破岩中,
咬紧不放松。
万物求生存,
不靠东南风。

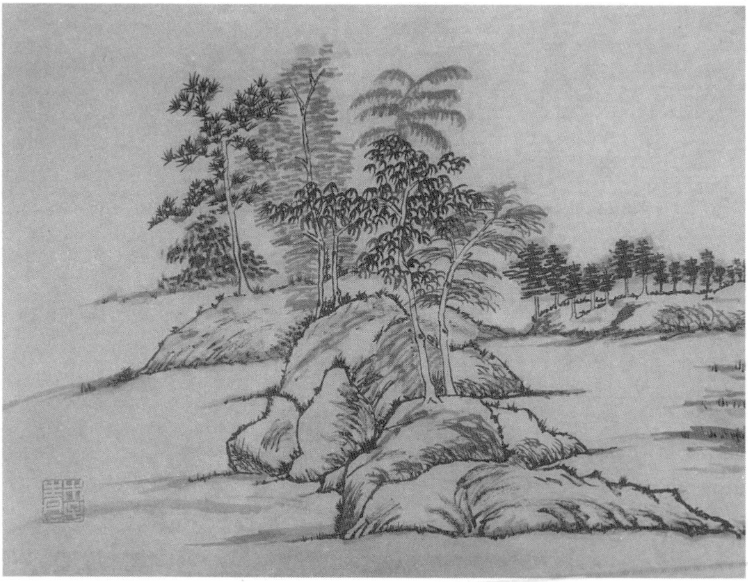

江南春

油菜花黄一片,
瓦屋民舍几间。
小桥流水淙淙,
桃源仙境再现。

江南春

鹤寿图

蒹葭苍苍，
白鹤亭亭。
曲颈理羽，
福寿安宁。

鹤守安康

玉兔呈祥

玉兔长拜月,
祈福于人间。
世无怨男女,
千里共婵娟。

玉兔呈祥

山村绿意闹

山村绿意闹,
燕儿归来俏。
溪水知春意,
绕庄畅怀笑。

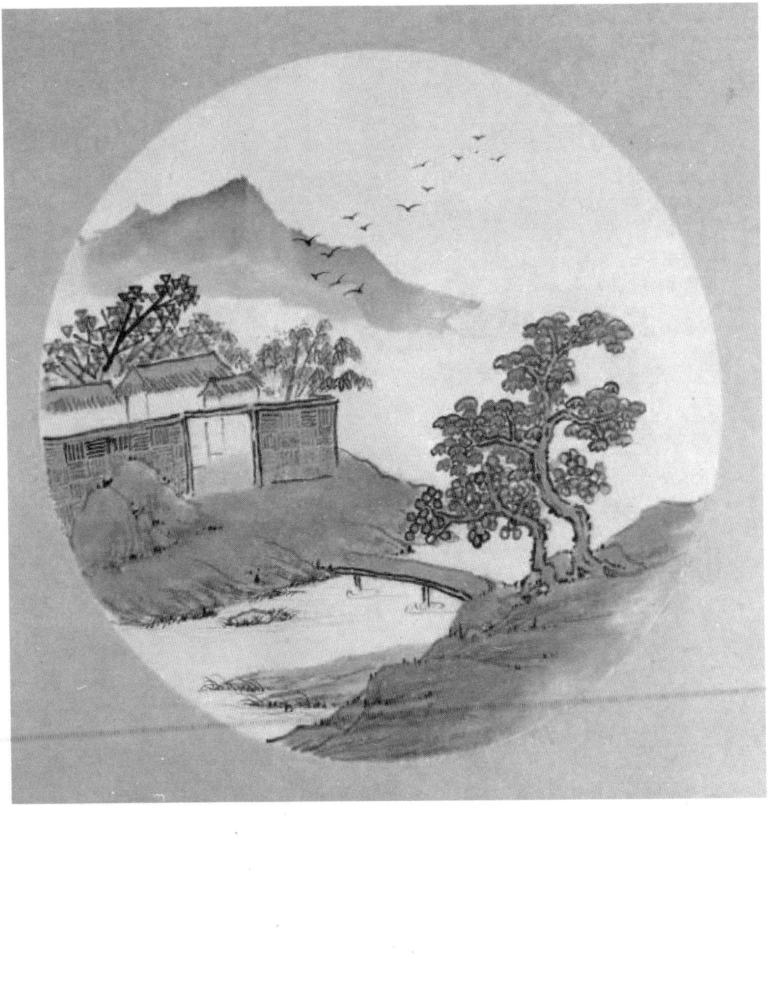

秋山独坐

拾级上秋山,独坐意自闲。
夕照金辉洒,飞鸟相与还。
空山无杂树,心静听风言。
此景堪长住,何须问俗缘。

山居

木子书

鲤跃龙门

红黑双鲤跃龙门,
锦鳞闪烁映霞云。
愿君学海乘风浪,
金榜题名传佳音。

259